गोपी की डायरी–1

‘जब गोपी घर पहुँचा’

सुधा मूर्ति

प्रभात
प्रकाशन

प्रकाशक • **प्रभात प्रकाशन प्रा. लि.**
4/19 आसफ अली रोड,
नई दिल्ली–110002

संस्करण • 2026
मूल्य • चार सौ रुपए
अनुवाद • रंजना सहाय
मुद्रक • आर–टेक ऑफसेट प्रिंटर्स, दिल्ली

GOPI KI DIARY-1 *stories* by Smt. Sudha Murty ₹ 400.00
(Hindi translation of 'THE GOPI DIARIES: Coming Home')
Published by Prabhat Prakashan Pvt. Ltd., 4/19 Asaf Ali Road, New Delhi-2
e-mail: prabhatbooks@gmail.com ISBN 978-93-90366-00-2

'गोपी के लिए
जो हर दिन मुझे हैरान कर देता है'

आभार

यह पुस्तक मेरी प्यारी संपादक श्रुतकीर्ति खुराना के बिना संभव नहीं थी। वह नन्हे गोपी के दो-दो पहलुओं, उसकी जीवन-यात्रा और साहित्यिक यात्रा की प्रसन्नचित्त गवाह है।

अनुक्रम

मेरी नई दुनिया

जिस दिन मैंने अपनी आँखें खोलीं, खुद को सफेद फर वाली कई गेंदों से घिरा हुआ पाया। मैंने चारों तरफ नजर दौड़ाई और अपने भाई-बहनों को देखा। हम सब एक-

दूसरे से धक्का–मुक्की कर अपनी माँ का दूध पीने की कोशिश में लगे हुए थे। हमारी प्यारी माँ प्यार से हमें चाट तो रही थी, लेकिन हमसे थोड़ी खीज गई थी, क्योंकि हम सभी एक साथ उसका दूध पीने की कोशिश कर रहे थे। मैं यह बात अच्छी तरह जानता था कि वह हम सभी को बहुत प्यार करती है और जब उसका हाथ मेरे चारों तरफ होता है, तो मैं खुद को बहुत सुरक्षित महसूस करता हूँ।

जब धीरे–धीरे मेरे सभी भाई–बहनों ने अपने आस–पास के माहौल की पड़ताल शुरू की, तब जाकर मुझे पता चला कि मेरे कई नाते–रिश्तेदार भी हैं, जैसे मेरी माँ, मेरे पिता और दूसरी आंटी, अंकल और चचेरे भाई–बहन, लेकिन सभी एक–दूसरे से अलग थे—कुछ बड़े थे, तो कुछ छोटे।

हम एक बड़े से फार्म हाउस में रहते थे, जहाँ चारों तरफ हरी–हरी घास थी। यह नजारा बहुत अच्छा था। मुझे सूरज की रोशनी में चलना, कूदना, गिरना और लोट–पोट होना बहुत पसंद आता था। जब हम हरे–भरे मैदान में धमा–

चौकड़ी मचाते, तो हमारी माँ कुछ दूरी पर बैठकर अपनी पैनी नजरों से हमें एकटक देखती रहती थीं। जब कभी वह अजनबियों को हमारी तरफ आते हुए देखतीं, तो उन्हें तेज गुर्राहट के साथ चेतावनी देतीं, "सावधान रहो! मेरे बच्चों को हाथ मत लगाना।"

एक दिन की बात है, माँ हमसे दूर कहीं टहल रही थीं। इस बीच हम सभी को एक बड़े से कमरे में लाया गया। वैसे तो हम इस कमरे से बाहर नहीं जा सकते थे, लेकिन फिर भी हम मस्त थे, क्योंकि एक-दूसरे के साथ खेलने के लिए हमारे पास खूब सारी जगह थी। कुछ ही मिनटों में वहाँ शोरगुल मच गया। मैंने अपने भाई की पूँछ खींची और उसने मेरे कान। इस बीच मेरी बहन हमारे बीच आ गई और मारे खुशी के खूब खिलखिलाई।

इतने में अचानक दरवाजा खुला और दो आदमी अंदर आ गए। उनमें से एक जवान और खूबसूरत था और

दूसरा बूढ़ा तथा शालीन। हालाँकि वे कोई दूसरी भाषा में बात कर रहे थे, लेकिन मुझे उनकी बोली हर बात समझ में आ गई।

बूढ़े आदमी ने कहा, "रोहन, अपने लिए पप्पी (पिल्ला) चुन लो।"

जवान लड़के ने हम सभी को देखा, "इनमें से किसी एक को चुनना बहुत मुश्किल है। सारे ही बहुत प्यारे हैं," उसने आह भरते हुए कहा, "लेकिन क्या करूँ, मैं किसी एक को ही गोद ले सकता हूँ।" यह कहकर वह नीचे बैठ गया और जमीन पर अपने हाथों को कुछ ऐसे आरामदायक ढंग से टिकाया, मानो सोच रहा हो कि उसे क्या करना चाहिए।

मैंने उसकी आँखों में देखा और मुझे यह बात समझ आ गई कि वह थोड़ी उलझन में है। मैंने उससे कहा, "चिंता मत करो।" इसके बाद मैं उसके हाथ के नजदीक गया और उसे सूँघने लगा।

मेरी यह हरकत देखकर वह लड़का हँसने लगा। उसने मुझे गोद में उठाया और अपने कलेजे के नजदीक ले गया। इसके बाद वह लड़का मेरे सिर पर अपना हाथ फेरते हुए बोला, "मुझे यही चाहिए।"

लेकिन मुझे उसकी कही बात का मतलब समझ में नहीं आया। वह लगातार मेरे पेट और सिर पर हाथ फेर रहा था और मुझे उसका साथ बहुत अच्छा भी लग रहा था। दरअसल यह देखकर मुझे अपनी माँ का अपने साथ चिपकना याद आ गया था।

कुछ ही मिनटों में मुझे बहुत गहरी नींद आ गई।

घर में पहला कदम

अचानक लगे एक झटके से मेरी आँख खुल गई। ऐसा लग रहा था कि मैं किसी चीज के अंदर हूँ। जब मैंने अपने चारों तरफ देखा तो खुद को एक बड़ी, भूरे रंग की टोकरी

में पाया। मेरे नीचे एक सफेद रंग का कंबल था और एक कंबल मेरे ऊपर था।

मैंने अपनी माँ को ढूँढ़ने के लिए अपनी नजरें इधर-उधर दौड़ाईं, लेकिन मुझे वह कहीं भी नजर नहीं आईं। मैंने अपने भाई-बहनों को भी खोजा, लेकिन उनमें से भी कोई मुझे नहीं दिखा। मुझे रोना सा आ गया। मेरी माँ कहाँ थी?

मैं बुरी तरह डरा हुआ था, मैंने अपना चेहरा एक तरफ घुमाया और मुझे वही जवान लड़का नजर आया, जिसने मुझे पहले गोद में उठाया था। उसने मेरे सिर पर प्यार से हाथ फेरा, जिससे मुझे थोड़ा चैन मिला। मेरे लिए सुकून की बात यह थी कि मैं किसी खतरे में नहीं था। मैंने उस लड़के की हथेली को चाट लिया।

उस लड़के ने ड्राइवर से कहा, "भाई, गाड़ी आराम से चलाओ। यह एक छोटा सा पप्पी है और अपनी माँ से दूर है। यह काफी डरा हुआ लग रहा है।"

क्या वह मेरे बारे में बात कर रहा है ? यह सोचकर मैं थोड़ा हैरान हुआ, लेकिन मेरी माँ कहाँ है ? अब मैं उसके पास जाना चाहता था।

अपनी माँ को आस-पास नहीं पाकर मैं बहुत दुखी हो गया और सोचने लगा कि वह लड़का आखिर मुझे कहाँ लेकर जा रहा है ? अब मुझे पल भर के लिए भी नींद नहीं आई, हालाँकि यह बात मैं जानता था कि मैं सुरक्षित हूँ।

कुछ मिनटों बाद कार रुक गई। उस लड़के ने मेरी टोकरी उठाई और एक घर के मुख्य दरवाजे की तरफ कदम बढ़ाने लगा। मैंने उत्सुकता में टोकरी से बाहर झाँका और पाया कि मेरे आस-पास पहले जैसा फार्म हाउस नहीं था, ऐसा लगता था कि यह एक छोटे से बगीचे वाला घर है। दरवाजे पर पहुँचकर उस लड़के ने घर की घंटी बजाई, डिंग-डांग।

दरवाजा खुलते ही दो महिलाएँ सामने आ गईं। "रोहन, तुम घर आ गए?" दोनों हैरानी से एक साथ चिल्लाईं। मुझे अब जाकर समझ आया कि उस लड़के का नाम रोहन है। वे औरतें बूढ़ी थीं। उनमें एक पतली और दूसरी मोटी थी। उनके हाथ में एक थाली भी थी। क्या उसमें खाना था? नहीं, थाली में खाना नहीं था। दोनों औरतों ने उस थाली को बार-बार मेरे चारों तरफ घुमाया। मैंने उस थाली पर एक दीया देखा।

"थाली को मेरे से दूर रखो," मैंने नरमी के साथ कहा, "इसमें आग है।"

लेकिन उन पर मेरी बात का कोई असर नहीं हुआ। वे बोलीं, "छोटे से बच्चे का स्वागत है। हम आरती और आशीर्वाद के साथ नए घर में तुम्हारा स्वागत करते हैं। आज से तुम हमारे घर के एक सदस्य हो।"

"आरती का मतलब क्या होता है?" मुझे ताज्जुब हुआ।

आखिरकार वे रुक गईं और थाली मुझसे दूर ले गईं।

पतली महिला ने मुझे टोकरी से बाहर निकाला और कारपेट पर छोड़ दिया। इसके बाद तीनों मेरे पास बैठ गए। कुछ ही मिनटों में एक दूसरा पतला सा आदमी भी उस कमरे में आ गया, लेकिन वह दूसरों के साथ नहीं बैठकर दूर एक कुरसी पर बैठ गया।

रोहन ने मुझसे कहा, "यह तुम्हारे दादा हैं, अज्जा!"

फिर उसने उस हट्टी-कट्टी महिला की तरफ हाथ से इशारा करते हुए कहा, "यह तुम्हारी दादी हैं, अज्जी।"

रोहन ने पतली महिला की तरफ देखते हुए कहा, "यह तुम्हारी दादी की बहन हैं, ताची अज्जी।"

“इसका मतलब यह हुआ कि तुम इसके अप्पा हो।” अज्जी ने मुसकराते हुए कहा।

अज्जा को छोड़कर सभी हँसने लगे।

अज्जी और ताची अज्जी के साथ दोस्ती करना आसान था। उन्होंने मुझे ऐसे पकड़ा, मानो मैं दुनिया की सबसे बेशकीमती चीज हूँ। दोनों ने मुझे इतनी जोर से गले लगाया कि मेरा साँस लेना तक मुश्किल हो गया। बड़ी मुश्किल से किसी तरह मैं उनके चंगुल से बाहर निकल पाया।

उन्होंने हैरानी से कहा, “इसकी कजरारी आँखों को तो देखो!”

“इसकी नाक कितनी काली है!”

“और इसका सुनहरा रंग।”

"यह दुनिया का सबसे खूबसूरत कुत्ता है।" अज्जी ने घोषणा कर दी।

हालाँकि अज्जा ने मेरे बारे में कुछ भी नहीं कहा।

"इधर आओ, इसे छूकर देखो।" अज्जी ने अज्जा से कहा।

लेकिन मैं जानता था कि अज्जा मुझसे डर रहे हैं।

यह डर मुझे साफ-साफ उनकी आँखों में दिखाई दे रहा था। मैं हँसा। "मुझसे भला कौन डर सकता है ? इधर आओ और मुझे वैसे ही गले लगाओ जैसे अज्जी ने लगाया।" मैंने अज्जा से कहा।

लेकिन वह टस-से-मस नहीं हुए।

वह अज्जी की तरफ मुड़े और हिचकिचाते हुए बोले, "जब मैं छोटा था, तब मुझे एक कुत्ते ने काटा था। जिसकी वजह

से मेरे पेट में चौदह इंजेक्शन लगे थे। इन इंजेक्शन से मुझे बहुत दर्द हुआ था, यह बात मुझे आज तक याद है। इसलिए मैं कुत्तों से डरता हूँ और यही वजह है कि मैं इसे छूना भी नहीं चाहता, लेकिन मैं दूर से इसको देखकर खुश रहूँगा।"

"तो क्या हुआ अगर किसी कुत्ते ने तुम्हें काट दिया। यह तो सालों पुरानी बात है," मैंने कहा। "यह तो गलत है। मैं वह कुत्ता नहीं हूँ और आपको मुझसे डरने की कोई जरूरत नहीं है।"

जब मैं यह बात बोल रहा था, तो अज्जी को कुछ गलतफहमी हुई और उन्होंने कहा, "देखो, यह भी आप से डर रहा है। इससे थोड़ा लाड़-प्यार करो, इसे हौसला दो।"

लेकिन अज्जा ने अपना सिर हिला दिया।

मैंने भी अपना सिर हिला दिया। मेरी कही कोई भी बात

दोनों अज्जियों के पल्ले नहीं पड़ी, लेकिन मुझे उनकी कही सारी बातें समझ में आ गईं। मैं उनके दिमाग पढ़ सकता था, लेकिन वे अभी मेरा दिमाग नहीं पढ़ सकती थीं।

ऐसा लगा कि मेरी भाषा के लिए उनके पास एक नाम था—भौंकना।

नामकरण संस्कार

मैं खुशी-खुशी कालीन पर लोट-पोट हो रहा था कि अचानक मुझे घंटी की जोरदार आवाज सुनाई दी। मैंने ऐसी आवाज पहले कभी नहीं सुनी थी। मैंने जानने की कोशिश

की कि आखिर यह आवाज आ कहाँ से रही है। मैंने देखा कि यह आवाज अज्जी के हाथ में रखी एक अजीब सी चीज से आ रही है। छोटी काले रंग की वह चीज चमक रही थी। जब अज्जी ने उसकी तरफ देखा तो उनका चेहरा खुशी से चमक उठा। उन्होंने कहा, "लड़कियाँ फोन पर हैं और वह काफी जोश में लग रही हैं।"

'वह किन लड़कियों के बारे में बात कर रही थीं? और क्या वह एक फोन था?' मैंने सोचा।

अज्जी ने फोन को मेरी तरफ किया और मैंने उत्सुकता से नजदीक से उसकी तरफ झाँका। मैंने देखा कि दो लड़कियाँ मुझे घूर रही हैं। मुझे देखकर लड़कियाँ जोर से चिल्लाईं। वे इतने जोर से चिल्ला रही थीं कि मुझे लगा कि झटपट अपने कान बंद कर लूँ। उन्होंने कहा, "कितना प्यारा कुत्ता है!"

उनमें से एक ने खुश होते हुए कहा, "बहुत सुंदर।"

छोटी लड़की ने कहा कि इसका नाम क्या है?

"अनुष्का हमने अब तक इसका कोई नाम नहीं रखा है," अप्पा ने कहा, "हम इस बारे में बातचीत करके तुम्हें बताएँगे।"

"आपको इसे 'गोपी' कहकर बुलाना चाहिए।" दूसरी लड़की ने कहा।

"इसलिए, क्योंकि तुम्हारा नाम कृष्णा है?" अज्जी ने पूछा।

"हो सकता है।" उसने मुसकराते हुए कहा।

अनुष्का ने कहा, "मुझे भी गोपी नाम पसंद आया है।"

"यह छोटा और प्यारा नाम है।"

वह मुझसे जुड़ी दूसरी बातों पर आपस में चर्चा करने लगीं, लेकिन मैं जल्दी ही ऊब गया। मैंने उनकी तरफ से अपना मुँह मोड़ लिया। अज्जी ने इस बात पर गौर किया और कहा, "यह थक गया है और अब इसे आराम की जरूरत है। लड़कियो, हम तुमसे बाद में बात करेंगे।"

उन्होंने लड़कियों को 'बाय-बाय' कहा और फोन बंद कर दिया।

मुझे यह सुनकर थोड़ा बुरा लगा कि अज्जी ने सोचा कि मैं थक गया हूँ, जबकि ऐसा नहीं था। मेरा मन खेलने का था। मैंने उन्हें यह बताने की कोशिश की कि मैं थका नहीं हूँ, लेकिन इसकी बजाय उन्हें लगा कि मैं भूखा हूँ। "चिंता मत करो, हम अभी तुम्हें खाना खिलाएँगे। हम तुम्हारे लिए

दूध ठंडा कर रहे हैं, अभी वह काफी गरम है।" उन्होंने मेरा सिर थपथपाते हुए कहा।

इसके बाद वह ताची अज्जी की तरफ मुड़ीं और उनसे पूछा, "हमें इसका क्या नाम रखना चाहिए?"

अचानक लोगों का ध्यान इस बात पर लग गया कि मुझे क्या कहकर पुकारा जाना चाहिए, लेकिन किसी ने मुझसे नहीं पूछा कि मुझे खुद को क्या कहलाया जाना पसंद है? मैंने हथियार डाल दिए और नजदीक रखी एक कुरसी के नीचे घिसटते हुए चला गया और सोने की कोशिश करने लगा।

जब मैं उठा, तब भी मेरे नाम पर चर्चा जारी थी। अप्पा ने कहा, "मैं इसे सर्किट या नेटवर्क कहना चाहता हूँ।"

अज्जी ने मना करते हुए कहा, "एकदम नहीं। आप परिवार के एक सदस्य को ऐसे नामों से नहीं पुकार सकते।"

"इसका कोई आसान सा नाम रखो," अज्जा ने कहा। मेरे नाम को लेकर उनका केवल यही योगदान था।

इस पर एक लंबी बहस छिड़ी और ताची अज्जी तथा अज्जा ने अपनी निजी डायरियाँ खोल दीं। उन्होंने अलग-अलग नाम पढ़ने शुरू किए और मुझे देखते हुए चर्चा की कि मुझपर सबसे ज्यादा कौन सा नाम जँचता है—ड्यूक, राजा, राजेश, मफिन, मोती, लावा, सच, कुछ भी, सबकुछ और टॉमी। कुछ देर बाद मैं कमरे के दूसरे छोर पर चला गया। जल्दी ही मैंने उन्हें खुद को बुलाते हुए सुना। जरूर उन्होंने मेरा नाम रख लिया होगा।

"तुम कहाँ हो?" उन्होंने जोर से कहा। मुझे महसूस हुआ कि उन्होंने मुझे नहीं देखा, क्योंकि मैं कुरसी के नीचे था।

मैंने सभी से थोड़े पंगे लेने का फैसला किया। यों तो मैं कुरसी के नीचे से आराम से बाहर निकल सकता था, लेकिन मैंने सोचा कि मुझे वहाँ चुपचाप दुबके रहना चाहिए, सब मुझे आसपास नहीं पाकर घबरा जाएँगे। बड़ा मजा आएगा। यह सोचकर मैं चुपचाप वहीं पड़ा रहा।

ताची अज्जी परेशान हो गईं, "बाहर का दरवाजा तो बंद है? वह कहाँ जा सकता है? दिक्कत यह है कि वह इस घर में नया है, हमें उस पर नजर रखनी चाहिए थी।"

उन्होंने मेरी खोजबीन शुरू कर दी।

"पिल्ला एक छोटे बच्चे की तरह होता है," अज्जा ने कहा, "आपको उसके साथ ज्यादा सावधान रहने की जरूरत है।"

ताची अज्जी सुबकने लगीं, "बेचारा पिल्ला! वह न तो बोल सकता है, न ही चिल्लाकर हमें बता सकता है कि वह कहाँ है।"

हालाँकि अज्जी ने इस बारे में एक शब्द तक नहीं कहा।

उन्होंने परदे के पीछे जाकर मुझे ढूँढ़ा।

मैं वहाँ नहीं था।

उन्होंने दरवाजे के पीछे मुझे देखा।

मैं वहाँ नहीं था।

वह किचन में गईं।

मैं वहाँ भी नहीं था।

उन्होंने गहरी साँस भरते हुए कहा, “वह कहाँ होगा? बेडरूम के दरवाजे भी बंद हैं। उसे यहीं-कहीं होना चाहिए।”

अप्पा ने कहा, सबसे अच्छा यह होगा कि हम उसी के आकार का बन जाएँ और कालीन पर लेटकर उसे ढूँढ़ें। जैसे ही वह नीचे बैठे, उन्होंने तुरंत मुझे ढूँढ़ निकाला।

“मैंने उसे ढूँढ़ निकाला। मैंने उसे ढूँढ़ निकाला!” उन्होंने जोश के साथ कहा और तुरंत मेरे पास आए।

उन्होंने प्यार से मुझे उठाया। अज्जी वहाँ आईं, उन्होंने मुझे गले लगाते हुए कहा, “हमने तुम्हें एक बहुत अच्छा नाम देने का फैसला किया है। यह भगवान् कृष्ण का नाम भी है और इसे तुम्हारी चचेरी बहनों ने चुना है।”

“हैलो गोपी!”

अज्जी ने सावधानी से मुझे अपने हाथों में लिया और अपने से चिपका लिया, "तुम मेरी जिंदगी हो गोपी, गोपीचा, गोपेश, गोपीनाथ, गोपाल राव, गोपाल स्वामी, गोपू।"

डकार

ताची अज्जी ज्यादा नहीं बोलतीं, लेकिन वह हमेशा मेरे लिए कुछ-न-कुछ करने में लगी रहती हैं। कालीन पर बेपरवाह चलने और उछल-कूद करने पर उन्होंने मुझे बहुत प्यार से देखा और कहा, "अब तक यह बहुत खेल

चुका है। इसे पीने के लिए कुछ दिया जाना चाहिए।"

मुझे तब जाकर पता चला कि मैं बहुत भूखा हूँ। बहुत ज्यादा भूखा। मुझे अपनी माँ के दूध की याद आई और मैंने उन्हें याद किया—उनकी सुरक्षित बाँहें और मेरे लिए उनका प्यार। मैं बहुत दुखी हो गया।

ताजी अज्जी ने आगे कहा, "दूध एकदम पीने लायक हो गया है। मैं इसे पिलाऊँगी।" उन्होंने अपनी गोद में एक कंबल डाला और उसके ऊपर मुझे किसी छोटे बच्चे की तरह बैठा दिया। इसके बाद उन्होंने मुझे एक तौलिए से ढक दिया और एक बोतल मेरे मुँह में लगा दी, जिसमें सफेद रंग का कुछ था।

शुरुआत में मुझे वह एकदम पसंद नहीं आया। मैंने उसे गुस्से में दूर धकेल दिया। मेरी माँ का दूध मिलता भी आसानी से था और उसका स्वाद भी बहुत लाजवाब था। मैं इसे क्यों पीऊँ?

ताची अज्जी ने मेरे सिर को थपथपाते हुए कहा, "यह भी अच्छा है, गोपी। थोड़ा पीकर देखो। अगर तुम्हें यह पसंद नहीं आएगा, तो मैं तुम्हारे साथ जोर-जबरदस्ती नहीं करूँगी," उन्होंने अपनी मधुर आवाज में कहा, "लेकिन तुम एक छोटे से बच्चे हो। हम तुम्हें और कुछ नहीं खिला सकते।"

मुझे उनके साथ सहज महसूस हुआ और मैंने एक घूँट दूध पी लिया। यह उतना भी बुरा नहीं था। मैंने दूसरा घूँट भी पिया और फिर तीसरा भी। मुझे लगा कि मैंने काफी दूध पी लिया है, लेकिन जैसे-जैसे मैं और दूध पीता जा रहा था, मेरी प्यास बढ़ती ही जा रही थी। जल्दी ही मैंने दूध की पूरी बोतल खत्म कर डाली।

ताची अज्जी ने मुझे अपने कंधे पर टिका लिया, मेरी पीठ थपथपाई और कहा, "डकार मारो गोपी डकार मारो।"

मुझे यह तो समझ नहीं आया कि उन्होंने क्या कहा, लेकिन

अचानक मेरे मुँह से एक जोरदार आवाज निकली···डकार।

“ओह, इसने डकार मार दी।” ताची अज्जी ने कहा।

“बढ़िया गोपी, इसका मतलब यह हुआ कि तुम्हारा पेट भर गया है।”

ओ, अब मुझे पता चला कि डकार का क्या मतलब है।

अज्जी ने मुझे ताजी अज्जी से ले लिया और कहा, “चलो, इसे कुछ देर के लिए घर से बाहर ले जाते हैं।”

लेकिन मैंने मना कर दिया। मैं बाहर नहीं जाना चाहता था।

मैंने पास ही एक कुरसी देखी। मेरे दाँतों में बहुत बुरी तरह खुजली हो रही थी, इसलिए कुछ चबाने को मन कर रहा था। मैं कुरसी के पास गया और उसे काटने लगा।

"गोपी, ऐसा मत करो!" अज्जी ने मुझे चेताया।

यह देखते हुए कि मुझे बाहर जाने में कोई दिलचस्पी नहीं है, वे सभी नजदीक रखी एक मेज के पास गए। मैं उनके पीछे–पीछे हो लिया और जब वे अपना खाना खा रहे थे, तब मेज के नीचे बैठ गया। तेल, घी, चावल और दूसरी ढेर सारी खाने की चीजों से बहुत अच्छी सुगंध आ रही थी। मैं खाने की इन दूसरी चीजों को नहीं पहचान पाया, लेकिन मैं उनका खाना चखना चाहता था।

हालाँकि, अज्जी ने मेरे चेहरे की तरफ देखा और दृढ़तापूर्वक कहा, "नहीं। डॉक्टर फैसला करेंगे कि तुम्हें क्या खाना चाहिए। मैं तुम्हारे खाने को लेकर उनके दिए सुझाव को एक डायरी में लिख दूँगी। तुम्हें उसके हिसाब से ही चलना होगा, गोपी।"

मैंने उनसे बहुत मिन्नतें कीं कि वे मुझे अपना खाना चखने दें, लेकिन उन्होंने मेरी एक नहीं सुनी। यह एकदम ठीक नहीं है···भौं-भौं।

हैलो डॉक्टर!

शाम को अज्जी ने मुझे एक टोकरी में रखा और कार की पीछे वाली सीट पर वह टोकरी रख दी। ताची अज्जी और अज्जी मेरे अगल-बगल में बैठ गईं। कार के आगे की सीट

पर दो आदमी थे। सावंत कार चला रहा था और करियप्पा उसके बगल में बैठा था। हम जल्द ही सड़क तक पहुँच गए। मैं यह सोच रहा था कि दोनों अज्जी मुझे आखिर कहाँ ले जा रही हैं?

कुछ मिनटों के बाद कार रुक गई। ताची अज्जी ने मुझे उठाया और कार से बाहर निकल गईं। जब हम एक बड़े से साफ-सुथरे कमरे में पहुँचे, तो मैंने वहाँ अपनी प्रजाति के कई और साथियों को पाया। वे सब एक साथ कराह, गुर्रा और भौंक रहे थे। कुछ की आवाज ऐसी लग रही थी, मानो वह बहुत पीड़ा में है। अंदर का नजारा देखकर मैं बुरी तरह डर गया और मैं ताची अज्जी से चिपक गया।

वहाँ चार कुत्ते थे, जिनमें एक बीमार लग रहा था और जोर-जोर से कराह रहा था। दूसरे वाले को नहलाया जा रहा था। अचानक उसने अपने आप को इतने जोर से हिलाया कि पानी की बूँदें पूरे कमरे में बिखर गईं। तीसरा कुत्ता लंबी कद-काठी का था और एक तरफ चुपचाप

बैठा हुआ था। उस कमरे में मौजूद चौथा कुत्ता छोटा सा था और अपने मालिक की गोद में कूँ-कूँ कर रहा था। वह मेरी ही तरह डरा हुआ लग रहा था।

मैं सबकी भाषा अच्छी तरह समझ सकता था। "मुझसे यह नहीं होगा, मुझे बख्श दो," ऊँची मेज पर बैठाए जाने पर बीमार कुत्ते ने गुहार लगाई।

जिस कुत्ते को नहलाया जा रहा था, वह अपने मालिक से बात करने की कोशिश कर रहा था। "मुझे डर लग रहा है। मुझे नहाना एकदम अच्छा नहीं लगता। पानी मेरे हिसाब से बहुत ज्यादा है। क्या आप मुझे वापस नहीं ले जाओगे?"

बड़ा कुत्ता शांत था। वह बूढ़ा और अनुभवी लग रहा था। उसकी नजर गिलास जार के अंदर रखी एक चॉकलेट पर थी। वह उसे सूँघ सकता था।

मैंने हैरत भरी नजरों से उस छोटे से कुत्ते की

तरफ देखा। वह एक बिल्ली है या कुत्ता? उस छोटे कुत्ते ने मुझे उसे घूरने पर एक झाड़ लगाई। तब जाकर मुझे पता चला कि वह एक कुत्ता ही है, लेकिन क्या उसकी कद-काठी छोटी ही थी या फिर वह मेरी तरह एक पिल्ला थी?

अचानक सफेद कोट पहने एक आदमी हमारी तरफ बढ़ा।

अज्जी ने पूछा, "डॉक्टर, गोपी आज से हमारे परिवार का एक हिस्सा बन गया है। हमें उसकी देखभाल कैसे करनी चाहिए?"

डॉक्टर ने मुझे देखा। "इसे मेज पर रखो," उन्होंने कहा, "मैं इसकी जाँच करूँगा।"

बीमार कुत्ते ने मुझे चेतावनी दी कि यह डॉक्टर किसी राक्षस से कम नहीं है। "यह मुझे इंजेक्शन लगाता है। मेरा दिल करता है कि इसके पास से उठकर भाग जाऊँ।"

बीमार कुत्ते की बातें सुनकर मैं बुरी तरह डर गया। अज्जी की बाँहों से खुद को आजाद करने की कोशिश भी की, लेकिन उस राक्षस डॉक्टर ने मुझे पकड़ लिया। बगैर मेरे जवाब का इंतजार किए वह बोला, "इधर आओ।" उसने मुझे पकड़ा और जाँच के लिए मेज पर बैठा दिया।

"यह एक बहुत प्यारा कुत्ता है," डॉक्टर ने कहा, "मैं आपको बताऊँगा कि इसकी देखभाल कैसे करें। इसे इंजेक्शन और विटामिन ड्रॉप्स की जरूरत है। इसे एक साल में दो बार कीड़े मारने की दवा भी देनी होगी।" डॉक्टर ने कहा।

डॉक्टर लगातार उन्हें समझाता रहा, लेकिन मुझे उसकी सारी बातें समझ में नहीं आईं। डॉक्टर ने कहा, "आप यहाँ से इसके लिए खाना

और बिस्कुट खरीद सकते हैं।" जब ताची अज्जी डॉक्टर की सलाह सुन रही थीं, तब अज्जी कमरे के एक दूसरे छोर पर मेरे लिए खाना खरीदने गईं।

जब अज्जी वापस आईं, तो उन्होंने मुझे बिस्कुट का एक छोटा सा टुकड़ा दिया। मैंने उसे तुरंत खा लिया। वह बहुत स्वादिष्ट था। उन्होंने मुझसे मेरे कान में कहा, "यह तुम्हारे लिए चॉकलेट जितना ही अच्छा है।"

इसके बाद उन्होंने मुझे एक और बिस्कुट दिया।

मैं जब खुशी-खुशी अपना बिस्कुट खा रहा था, तभी मैंने अपने पीछे अचानक एक चुभन महसूस की। यह इतनी दर्द भरी थी कि मैंने खाना छोड़ दिया और मेरी आँखों से आँसू निकल गए। मैं सीधा खड़ा होना चाहता था, लेकिन डॉक्टर ने अपने मजबूत हाथों से मुझे नीचे ही दबोचे रखा। मैं हिल तक नहीं पाया। मैं उस राक्षस को काटना चाहता था। "मुझे परेशान मत करो।" मैंने दृढ़ता से कहा।

"तुम मुझे दर्द पहुँचा रहे हो।"

लेकिन उसने कुछ भी नहीं कहा।

बीमार कुत्ते ने कहा, "इससे दूरी बनाए रखना। यह बहुत बेदर्द है। आज सुबह इसने चाकू से मेरी सर्जरी की। मैं तुम्हें एक रहस्य बताता हूँ। इस डॉक्टर के खिलाफ तुम्हारे अपने लोग भी तुम्हारा साथ नहीं देंगे, क्योंकि वे इस डॉक्टर की बहुत इज्जत करते हैं।"

जब उसने बोलना बंद किया, तब अज्जी ने मुझे उस जगह मालिश करना शुरू कर दिया, जहाँ मुझे दर्द हुआ था। ताची अज्जी ने मेरे मुँह में बिस्कुट का एक और टुकड़ा डाला और फिर मुझे अपने हाथों में प्यार से बैठा दिया।

दरवाजे पर पहुँचकर मैंने पलटकर देखा और डॉक्टर से कहा, "मैं यहाँ दोबारा कभी भी नहीं आऊँगा।"

मेरे खिलौने

अगले दिन अप्पा मेरे लिए बहुत सारे खिलौने लेकर वापस घर लौटे। ये खिलौने अगल-अलग रंगों, आकृतियों और आकारों के थे। इनमें कुछ सख्त, कुछ मुलायम और कुछ

आवाज वाले भी थे। मैं खुशी से उछल पड़ा और अप्पा को चाटने लिया।

यों तो मैं सारे खिलौनों से खेला, लेकिन जल्द ही इनमें से ज्यादातर से ऊब गया। आवाज करनेवाले खिलौने मुझे सबसे ज्यादा पसंद आए। मैं इनके ऊपर कूदा और इन्हें दबा–दबाकर इनसे निकलती अलग–अलग तरह की आवाजों से खूब खुश हुआ, लेकिन इसके बावजूद मैं जल्द ही इस तरह के खिलौनों से भी ऊब गया।

इसके बाद मुझे अपने नजदीक बैठा एक मेढक नजर आया। मुझे शिकार करना बहुत पसंद है। यह मेरी प्रवृत्ति में है। मैं उसके ऊपर कूद गया और उसे चबाने की कोशिश करने लगा, लेकिन कुछ भी नहीं हुआ। मैंने दोबारा उसे काटने की कोशिश की, लेकिन मेढक पर इसका कोई असर नहीं पड़ा। अब कहीं जाकर मुझे समझ में आया

कि यह असली मेढक नहीं, बल्कि दूसरे खिलौनों में से ही एक है।

उसी पल मैंने एक हड्डी देखी। मैं बहुत खुश हुआ। मेरे दिल से निकलती आवाज मुझे उस हड्डी को काटकर निगलने के लिए कह रही थी, लेकिन वह हड्डी भी नकली थी।

तब कहीं जाकर मुझे पता चला कि मेरा कोई भी खिलौना असली नहीं है। यह जानकर मेरी दिलचस्पी इन खिलौनों में नहीं रही और मैं हताश होकर वहीं बैठ गया।

अज्जी ने मुझे देखा और अप्पा से कहा, "मुझे लगता है कि गोपी असली चीजों, जैसे फलों और पेड़ों की टहनियों से बहुत खुश होगा। पेड़ों की टहनियाँ चबाने में सख्त होंगी। इसके पूर्वज हमेशा जंगलों में ही रहे हैं।"

इसके बाद उन्होंने आँखों में एक चमक के साथ कहा, "इसे चप्पलें भी बहुत पसंद आएँगी।"

कम-से-कम अज्जी मुझे समझ गई थीं। जिस पल उन्होंने मुझे अपनी चप्पलें दीं, मैंने दिल से उन्हें चबा डाला और चप्पल के टुकड़े-टुकड़े कर दिए। इसके बाद उन्होंने मुझे एक डंडी दी। उसे चबाकर मुझे अपने दाँतों में होने वाली खुजली से काफी आराम मिला।

इसके बाद मैं ऊब गया और दोबारा अप्पा के खिलौनों के पास चला गया। सूरज की रोशनी में ये खिलौने चमचमा रहे थे। अप्पा एक बड़ी गेंद ले आए और उसे थोड़ी दूर फेंक दिया। मैंने उसका पीछा किया और उसे उठाकर वापस ले आया।

जल्दी ही अज्जी भी बगीचे में आ गईं और किताब पढ़ने के लिए एक कुरसी पर बैठ गईं। उन्होंने कोशिश की कि मैं अपने खिलौनों से खेलूँ, ताकि वह अपना पढ़ना जारी

रख सकें, लेकिन मुझे यह बात पसंद नहीं आई। मैं उनके साथ खेलना चाहता था। मैंने देखा कि उनका दुपट्टा कुरसी के नीचे लटक रहा है। मैंने उसे सूँघा। मुझे यह करके बहुत अच्छा महसूस हो रहा था। मैंने अपने सारे खिलौनों को एक तरफ छोड़ा और उनका दुपट्टा खींचने लगा। जब उन्होंने अपना दुपट्टा हटा दिया, तो मैं घर के पिछली तरफ बने आँगन में गया और वहाँ सूखने के लिए लटकाए कपड़ों की तरफ देखा। मुझे अपना खजाना मिल गया था। कपड़ों को हवा में लहराता देखकर मैं मारे खुशी के जोर-जोर से आवाजें निकालने लगा। कपड़ों का हिलना मुझे बहुत रोचक लगा और मैंने एक-एक करके कपड़ों को खींचना शुरू कर दिया।

अज्जी कुछ देर बाद वहाँ पहुँचीं और कपड़ों को घास पर बिखरा हुआ देखा। उन्होंने मुझे देखा और कहा, "गोपी, यह तुमने क्या किया?"

"मैं तो अपनी पसंद के खिलौनों के साथ खेल रहा था।" मैंने जवाब दिया।

वह मुझे देखकर मुसकराईं और मेरे सिर पर हाथ थपथपाकर बोलीं, "गोपी तुम बहुत शरारती हो।"

लड़कियों से मुलाकात

एक सुबह जब मैंने अपनी आँखें खोलीं, तो अज्जी को घूरते हुए पाया। क्या वह असली हैं? मैंने अभी-अभी उन्हें अपने सपने में देखा था। मैं अकसर रात को सपने देखता

हूँ और तब सुबह देर से उठता हूँ। अज्जी मुसकराते हुए बोलीं, "उठो गोपी, उठो, सुबह हो गई है। आज तुम्हारी मुलाकात कुछ खास मेहमानों से होने वाली है।"

इसके बाद उन्होंने मुझे एक सुंदर सी लड़की से मिलवाया। "यह श्रुति है—तुम्हारी दीदी। इसे तुम्हारी तरह के लोगों को सँभालने का काफी अनुभव है और आज यह खास तौर पर तुम्हीं से मिलने आई है।"

मैंने उन्हें देखा। मैं किसी को उसकी आँखों और खुशबू से जानता-बूझता हूँ।

मैंने उनकी आँखें देखीं—उनमें ढेर सारा प्यार भरा हुआ था।

मैंने उनके चारों तरफ की हवा को सूँघा, तो मुझे बिस्कुट की सुगंध आई। मैं तुरंत समझ गया कि वह दूसरों की परवाह करनेवाले लोगों में से हैं।

उन्होंने मुझे फटाफट उठाकर गले लगा लिया। “गोपी, तुम कितने प्यारे हो!” उन्होंने कहा। मैंने थोड़ी देर तक उन्हें खुद को सहलाने दिया और फिर अपनी नाक उनकी जेब की तरफ कर दी। मुझे समझ में आ रहा था कि जेब में बिस्कुट हैं और मैं सही था, लेकिन कड़ी आवाज करके श्रुति ने कहा, “अभी नहीं, गोपी। यह नाश्ते के बाद मिलेगा।”

हालाँकि वह मुझे बहुत पसंद आई थीं, लेकिन मुझे यह बात भी समझ आ गई थी कि वह मेरे साथ सख्ती से पेश आएगी। वह एक प्यारी स्कूल टीचर जैसी लग रही थीं—वह मुझे प्यार देतीं, लेकिन अगर मैं कोई गलती करता, तो मैं जानता था कि वह मेरी गलती सुधारती भी।

मैंने अपनी पूँछ हिलाई और उनकी तरफ देखा।

फिर मैं अज्जी की तरफ मुड़ गया। उनकी आँखों में प्यार ही प्यार भरा हुआ था। बेचारी अज्जी! वह नहीं जानती कि मुझे अनुशासित कैसे करना है। इसलिए मैं उनका फायदा उठाता हूँ, लेकिन दीदी के साथ ऐसा एकदम नहीं चलता।

ठीक इसी समय मैंने दो और लड़कियों को गेट से अंदर आते हुए देखा। उनकी उम्र करीब सात से आठ साल की रही होगी। मुझे देखते ही दोनों ने चिल्लाना शुरू कर दिया। वे मेरी तरफ दौड़ीं और मुझे जोर से गले लगा लिया। मेरा दम घुटते-घुटते बचा।

"अरे, उसे इतना जोर से मत चिपकाओ, लड़कियो। वह अभी बहुत छोटा है।" अज्जी ने कहा।

उन्होंने मुझे छोड़ दिया। मैंने देखा कि दोनों के हाथों में एक-एक छोटा कुत्ता था। क्या वे कुत्ते असली थे? क्या मैं उनके साथ खेल सकता हूँ? लेकिन जब मैं उनके पास गया और उन्हें सूँघा, तो मुझे समझ में आ गया कि वे

खिलौने हैं। इसके बाद उनमें से एक लड़की ने कहा, "मैं कृष्णा हूँ और यह मेरी बहन अनुष्का है। ये हमारे पपी हैं। मेरे पपी का नाम डॉली और इसके पपी का नाम मॉली है।"

मैं हँस-हँसकर लोटपोट हो गया। मैं एक मिनट में दोनों कुत्तों को चबा सकता था, लेकिन ऐसा लगा कि दोनों लड़कियों को मैं बहुत ज्यादा पसंद आ गया हूँ, इसलिए मैंने फैसला किया कि मैं उनके पपी को कोई नुकसान नहीं पहुँचाऊँगा।

"इसकी आँखें देखो!

"ओह, इसके कान कितने सुंदर हैं!

इस पर मैंने अपनी पूँछ इतने जोरों से हिलाई कि उन्हें वह मुश्किल से ही नजर आई।

"अरे इसकी पूँछ तो देखो, यह किसी हाथ से झलनेवाले पंखे जैसी लगती है।"

मैं खड़ा हो गया, ताकि वे मुझे नजदीक से देखें और मेरी तारीफों के और पुल बाँधें। "अज्जी यह कितना खूबसूरत है! इसके आगे के पैर तो देखो—कितने शानदार और मजबूत हैं। यह तो किसी शेर के बच्चे जैसा लगता है!"

"लड़कियो, यह मेरे आगे वाले पैर नहीं हैं," मैंने कहा, "ये तो मेरे हाथ हैं। और हाँ, यह बहुत शानदार और मजबूत हैं। मैं इस जंगल का राजा हूँ और यह मेरा महल है।"

मैंने सावंत को अपनी तरफ आते हुए देखा। मैं जानता था कि मेरे टहलने का वक्त हो गया है। वह मेरे प्रति अपनी जिम्मेदारियों को लेकर गंभीर है। वह इस बात का पक्का हिसाब रखता है कि मैं क्या खाता हूँ, कब खाता हूँ, कब पेशाब करता हूँ, कब

पाखाना करता हूँ। वह इसकी पूरी रिपोर्ट हर दिन अज्जी को देता है। करियप्पा मेरा रात का साथी है और मेरे बाल बनाता है। मुझे दोनों ही बहुत पसंद हैं, लेकिन फिलहाल मैं टहलने नहीं जाना चाहता। वहाँ लड़कियाँ हैं और मैं उन्हीं के साथ खेलना चाहता हूँ। सावंत मेरा पट्टा ले आया, लेकिन मैं मैदान में लेट गया और ऐसे नाटक करने लगा, मानो मुझे जोरों से नींद आ रही हो। मेरी यह हालत देखकर सावंत मुझे जबरदस्ती खींचकर टहलने नहीं ले जा सकता था।

दोनों लड़कियों ने मेरे पेट पर मालिश करना शुरू कर दिया और बोलीं, "आराम से सावंत। ऐसा लग रहा है, जैसे इसे नींद आ रही है।"

यह सुनकर मेरे कलेजे को चैन पड़ गया। मैंने सावंत को देखा और बड़बड़ाया, "भला अब तुम मुझे टहलने कैसे ले जाओगे?"

दीदी सावंत की तरफ मुड़ीं और बोलीं, “इसे लड़कियों के साथ मस्ती करने दो। तुम इसे बाद में टहलने के लिए ले जा सकते हो।”

मैंने अपनी पूँछ हिलाकर दीदी का धन्यवाद किया। वह हँसी और मुझे एक बिस्कुट दिया। हालाँकि मुझे दो बिस्कुट और चाहिए थे, लेकिन उन्होंने मुझे और बिस्कुट देने से साफ-साफ इनकार कर दिया तथा बिस्कुट का डिब्बा तुरंत बंद कर दिया।

मिल-बाँटकर रहना

अज्जी के घर में एक बगीचा है, लेकिन मुझे वहाँ अकेले रहना एकदम पसंद नहीं है। बगीचे में बड़े-बड़े पेड़, हरी-भरी झाड़ियाँ और छोटे-मोटे पशु-पक्षी होने के कारण वह

बहुत बड़ा लगता है। कभी-कभी मुझे डर लगता है कि अगर मैं बगीचे में अज्जी से थोड़ा दूर चला जाऊँ, तो उन्हें आसानी से खोज नहीं पाऊँगा। मुझे बगीचे में जाना तभी भाता है, जब वह मेरे साथ होती हैं।

कल अज्जा अपने दोस्त के साथ घर लौटे। अज्जा के दोस्त अपने साथ एक अजनबी को लेकर आए थे। हम दोनों को मेन गेट के अलग-अलग छोर पर बाँध दिया गया, ताकि हम कोई बखेड़ा खड़ा नहीं करें। जल्दी ही अज्जा और उनके वह दोस्त घर के अंदर चले गए।

मैंने गेट के दूसरी तरफ से इस अजनबी को देखा—वह मुझसे ज्यादा उम्र की लगती थी, क्योंकि हम दोनों ही ऊब रहे थे, इसलिए हमने एक-दूसरे से बातचीत करना शुरू कर दिया।

मैंने कहा, "मैं गोपी हूँ। तुमसे मिलकर अच्छा लगा। मैं तुम्हें बताना चाहूँगा कि मुझे अकेले रहना एकदम पसंद नहीं है। मुझे लोगों का साथ भाता है। इसलिए मुझे बगीचे में कूदने-फाँदने की बजाय लोगों के साथ रहना ज्यादा पसंद है।"

"मैं रूबी हूँ," उसने कहा। "मैं तुमसे एकदम अलग हूँ। मुझे अकेला रहना पसंद आता है। मुझे बगीचे में जाकर अकेले बैठना बहुत पसंद है।"

मुझे रूबी की बात सुनकर बहुत हैरानी हुई। भला कोई क्यों अकेला रहना चाहेगा?

रूबी समझ गई कि मैं क्या सोच रहा हूँ। उसने कहा, "घबराओ मत। हर किसी का अपना व्यक्तित्व होता है। हम जैसे हैं, हमें उसी में खुश रहना चाहिए।"

हमने बातचीत करनी शुरू कर दी और जरूर हम जोर-जोर

से बात करने लगे होंगे, क्योंकि सावंत बाहर आया और बोला, "चुप हो जाओ, गोपी। आज तुम कितना भौंक रहे हो!"

"जब तुम बात करते हो, मुझे भी ऐसा ही लगता है।" मैंने जवाब दिया।

अज्जा के दोस्त जल्द ही वापस आ गए और रूबी को अपने साथ लेकर चले गए।

मुझे रूबी को जाते देख बहुत दुख नहीं हुआ, क्योंकि मेरे पास खेलने के लिए कृष्णा और अनुष्का थे।

वह अज्जी और मेरे साथ कुछ दिनों के लिए रहने आए थे। मुझे उनके साथ बगीचे में जाना बहुत पसंद है। अज्जी आकर बेंच पर बैठ जाती हैं और हमें खेलते देख बहुत खुश होती हैं।

आज उन्होंने एक गेंद उठाई और बोलीं, "गोपचा, गेंद उठाकर लाओ।"

और फिर उन्होंने वह गेंद फेंक दी।

मैं गेंद के पीछे भागा, लेकिन बीच रास्ते में मुझे एक फूल दिखाई दिया। वह सुंदर नारंगी रंग का फूल था। यह फूल मुझे इतना पसंद आया कि मैं गेंद की बजाय इस फूल के नजदीक चला गया और उसे तोड़ डाला। मेरी आँखें उस वक्त चौंधिया गईं, जब मैंने दूसरे फूलों से भरा हुआ एक छोटा सा तालाब देखा। अज्जी ने उसे बगीचे में पिछली दफा तब देखा था, जब वह मेरे साथ यहाँ आई थीं। "हल्के बैंगनी रंग के ये वॉटर लिली कितने सुंदर लग रहे हैं," लड़कियों को इशारा करके दिखाते हुए उन्होंने कहा।

"मैं उस छोटे से तालाब में कूद गया और करीब–करीब एक वॉटर लिली को खाने ही वाला था कि मेरे कानों तक

अज्जी की आवाज पहुँची, "इसे मत खाओ।"

मैंने अज्जी की आवाज नहीं सुनने का नाटक किया और एक फूल चबा डाला। अज्जी नाराज हो गईं और मेरी तरफ दौड़ीं, लेकिन मैं उनसे ज्यादा तेजी से दौड़ सकता था।

मैं पानी से बाहर निकला, उसे झाड़ा और एक झाड़ी के पीछे जाकर छुप गया। यहाँ एक तितली को देखकर मुझे बहुत हैरानी हुई। इस रंग-बिरंगी तितली में नीले, पीले और हरे रंग थे। मैं करीब-करीब कूदकर तितली को पकड़ने ही वाला था कि अज्जी ने डाँट लगाई, "गोपी, इस तितली को मारने की सोचना भी मत।"

जरूर अज्जी की बात उस तितली ने सुन ली होगी, क्योंकि वह तुरंत मेरी पहुँच से बाहर हो गई और उड़ गई। अज्जी को समझ नहीं आता कि कीड़े-मकोड़ों को पकड़ना मेरे लिए स्वाभाविक है। अज्जी मेरे पास आईं और मुझे फटकार लगाते हुए बोलीं, "गोपी, तुम जो कहो, मैं तुम्हें

खिलाती हूँ। तुम्हारा पेट भरा हुआ है। फिर तुम इन छोटे-छोटे जीव-जंतुओं को भला क्यों पकड़ना चाहते हो?"

"क्योंकि मुझे इसमें मजा आता है।" मैंने कहा।

लेकिन उन्होंने अपना सिर हिलाते हुए कहा, "अच्छा होगा कि तुम इन लड़कियों के साथ खेलो। इससे कुछ देर के लिए तुम्हारा ध्यान बँटा रहेगा।"

इतने में कृष्णा और अनुष्का दौड़ती हुई हमारे पास पहुँच गईं। मैं उन्हें दिखाना चाहता था कि मैं क्या-कुछ कर सकता हूँ, इसलिए मैंने दूसरी तरफ दौड़ना शुरू कर दिया। वे मेरे बराबर नहीं दौड़ पाईं और जल्दी ही मैं बगीचे के दूसरे छोर तक पहुँच गया। वहाँ मैंने एक कीचड़वाला अच्छा गीला पोखर देखा। ऐसा लगा कि इसके अंदर जाने में खूब मजा आएगा, इसलिए मैंने खुशी-खुशी इसमें छलाँग लगा दी। आखिरकार लड़कियाँ मुझ तक पहुँच

गईं, लेकिन वे मेरे साथ इसके अंदर नहीं आईं। वे बाहर खड़ी रहीं और बोलीं, "गोपी, अब तुम पूरी तरह गंदे हो जाओगे।"

"लेकिन मुझे गंदे होने में कोई परेशानी नहीं," मैंने जवाब दिया, "मैं तुम्हारी तरह कपड़े थोड़े पहनता हूँ, जिन्हें बदलने की जरूरत पड़े। मेरी सुंदरता मेरे सुनहरे बालों, मेरी बड़ी–बड़ी आँखों, मेरे चामत्कारिक पैरों, मेरे चमचमाते फरों और मजबूत पूँछ से है।" मेरी बातें सुनकर दोनों लड़कियों के चेहरों पर अजीब से भाव आए और तब जाकर मुझे समझ आया कि मेरी कोई भी बात उन्हें समझ ही नहीं आई।

अचानक मैंने अपनी दाईं तरफ देखा; जानते हो, किसे

अपनी तरफ गर्व से आते हुए पाया। पड़ोसियों की बिल्ली को। मैं बहुत दुखी हो गया। वह मेरे बगीचे में क्यों आई है? मैं वहाँ से बाहर निकला और उसे भगाने के लिए उसके पीछे दौड़ा।

जब वह दुम दबाकर भागी, तो मुझे जोरों की हँसी आई।

इसके बाद घास पर होने वाली हलचल ने अचानक मेरा ध्यान खींचा। तुम्हारी मेरे घर पर आने की हिम्मत कैसे हुई? मैंने गिलहरी पर चिल्लाते हुए कहा। जैसे ही उस गिलहरी ने मेरी आवाज सुनी, वह आनन-फानन में नारियल के पेड़ पर चढ़ गई और देखते-ही-देखते मेरी आँखों से ओझल हो गई।

मैं दुखी था, मैंने अपना सिर दूसरी तरफ कर लिया और एक छोटे से पक्षी को देखा। वह गरमियों में बगीचे में आनेवाले पक्षियों के लिए अज्जी की रखी तश्तरी से दाने और मटके से पानी पीने आ रही थी। मैं तुरंत आगे कूदा

और उसे चेताया, "यहाँ मत आओ।" लेकिन मैं यह देखकर हैरान रह गया कि मेरी बातों का उस पर जरा सा भी असर नहीं हुआ। वह पूरी तेजी के साथ नीचे उतरी, मुँह में थोड़ा दाना दबाया और फुर्र से उड़ गई। इसके बाद पास के एक पेड़ की टहनी पर बैठकर उसने मेरा खूब मजाक उड़ाया।

अब मैं केवल दुखी ही नहीं था, गुस्सा भी था। मैं पेड़ के पास गया और उस पर चढ़ने की कोशिश करने लगा, ताकि उसे पकड़कर नीचे ले आऊँ, लेकिन मैं बार-बार फिसल रहा था। कई बार गिरने के बाद मैंने हथियार डाल दिए। इस बीच वह पक्षी कई बार दाना लेने आई और देखते-ही-देखते तश्तरी में रखा सारा दाना चट कर गई।

इस बीच अज्जी और लड़कियाँ मेरे पास आईं, लेकिन मुझे उन्हें

देखकर शर्म आ गई। मैं उनके सामने थोड़ा भाव खाना चाहता था, लेकिन ऐसा करने में बुरी तरह असफल रहा।

अज्जी ने मुझे थपथपाते हुए कहा, "गोपी, तुम्हें अपनी चीजें दूसरों से साझा करनी चाहिए। इस बेचारी चिड़िया का पेड़ के ऊपर घोंसला है। वह जल्द ही अंडे देने वाली है। तुम्हें उसे डराकर नहीं भगाना चाहिए।

"तुम्हें उसे यहाँ से दाना लेने देना चाहिए। उससे दोस्ती कर लो। उससे अपना बगीचा साझा करो। जब आप किसी के साथ कुछ बाँटते हो, तो इससे पता चलता है कि आप उसकी परवाह करते हो।"

अज्जी वापस जाने लगीं, लेकिन मैं नहीं चाहता था कि वह जाएँ। मैंने देखा कि उनका दुपट्टा मेरी पहुँच के अंदर है। मैंने तुरंत मौके का फायदा उठाया और उनके दुपट्टे पर

झपट्टा मार दिया। दरअसल मुझे साड़ी का पल्लू और दुपट्टा बहुत पसंद आता है। अज्जी पीछे मुड़ीं और प्यार से मेरे दाँतों से अपना दुपट्टा निकालकर बोलीं, "गोपी, मैं जानती हूँ कि तुम चाहते हो कि मैं नहीं जाऊँ, लेकिन मुझे ऑफिस जाना है। कल मेरे साथ आना और मैं तुम्हें कुछ नए दोस्तों से मिलवाऊँगी।" मैं खुशी से उछल पड़ा। मैं भी ऑफिस जाना चाहता था।

अज्जी मुसकराईं और तैयार होने के लिए घर के अंदर चली गईं।

मैं भी उनके पीछे–पीछे हो लिया। मैं कल तक इंतजार नहीं कर सकता था।